PAUL BOURGET
de l'Académie française

—

GUSTAVE FLAUBERT

DISCOURS PRONONCÉ
DANS LE SALON CARRÉ DU MUSÉE DU LUXEMBOURG
A L'INAUGURATION DU MONUMENT
LE 12 DÉCEMBRE 1921

PARIS
LIBRAIRIE ANCIENNE HONORÉ CHAMPION
ÉDOUARD CHAMPION
5, QUAI MALAQUAIS, 5

—

1922

GUSTAVE FLAUBERT

PAUL BOURGET

de l'Académie française

GUSTAVE FLAUBERT

DISCOURS PRONONCÉ
DANS LE SALON CARRÉ DU MUSÉE DU LUXEMBOURG
A L'INAUGURATION DU MONUMENT
LE 12 DÉCEMBRE 1921

PARIS

LIBRAIRIE ANCIENNE HONORÉ CHAMPION

ÉDOUARD CHAMPION

5, QUAI MALAQUAIS, 5

1922

Si la destinée avait permis que le meilleur élève de Flaubert, et le plus cher, eût vécu les longues années que sa robuste jeunesse semblait lui assurer, c'est Guy de Maupassant qui viendrait aujourd'hui, au nom des Romanciers Français, rendre hommage à son maître. Certes, Flaubert est bien le nôtre à tous, mais il l'est indirectement, à travers ses livres, tandis que Maupassant avait reçu son enseignement d'homme à homme. C'est par ce compagnon de mes années d'apprentissage, par ses récits et ses confidences, que j'ai appris, sans avoir jamais approché l'auteur de *Madame Bovary*, à le connaître dans son existence intime. Maupassant me disait la fière simplicité de ce grand aîné, la chaude cordialité de son accueil, la généreuse sympathie de sa puissante intelligence. Il me l'imitait, déclamant à pleine voix quelque phrase de prose dont il s'enchantait, ou bien des vers, qu'il préférait, par exemple, ceux trop peu connus du volume posthume de Louis Bouilhet sur le déclin du paganisme :

..., Quand, chassés, sans retour, des temples véné-
[rables,
Courbés au vent de feu qui soufflait du Thabor,.
Les grands Olympiens étaient si misérables
Que les petits enfants tiraient leur barbe d'or.

Associons pieusement, Messieurs, en ce jour de consécration à la mémoire de Gustave Flaubert, le souvenir du poète qui fut son ami fraternel, et celui du génial conteur, disparu si jeune, qu'il appelait son « disciple » et dans lequel il chérissait, il réchauffait une belle espérance, hélas ! brisée trop tôt, pour la Littérature et en particulier pour l'art du Roman.

La littérature, — de quel accent Flaubert prononçait ce mot, on le devine à voir, dans sa correspondance, avec quelle dévotion il trace ces quatre syllabes. C'était vraiment sa foi profonde, sa raison d'être et d'agir tous les jours, toutes les heures, et cela dès sa première jeunesse. « J'ai suivi », disait-il de lui-même, « une ligne droite, incessamment prolongée et tirée au cordeau à travers tout... Ma vie n'a jamais bronché, depuis le temps où j'écrivais en demandant à ma bonne les lettres qu'il fallait employer pour faire les mots des phrases que j'inventais, jusqu'à ce soir où l'encre sèche sur la rature de mes pages... » Il avait trente ans, lorsqu'il se rendait cette justice d'être un bon, un solide serviteur de la littérature. Il en avait près de soixante, quand, à la veille de sa fin, il écrivait à sa nièce, à propos d'un détail imaginé par lui dans son *Bouvard et Pécuchet*, détail dont un savant venait de lui confirmer les exactitudes : « J'avais raison ! Je tiens mon renseignement du professeur de botanique, et j'avais raison parce que l'esthétique est le vrai, et qu'à un certain degré intellectuel,

quand on a la méthode, on ne se trompe
pas... Ah ! ah ! Je triomphe ! Ça, c'est un
succès !... » Il devait mourir le lendemain
du jour où il traçait ces lignes, dans les-
quelles frémit la même exaltation, la même
ferveur pour son art. C'est le motif qui
fait que nous l'aimons tant. Il nous re-
présente le modèle du grand homme de
lettres, au regard de qui, la formule est
encore de lui, « tous les accidents du
monde apparaissent transposés comme
pour l'emploi d'une illusion à décrire,
tellement que toutes choses, y compris
sa propre existence, ne lui semblent pas
avoir d'autre utilité ». Il ne s'est soucié
ni des honneurs, ni de l'argent, ni même
de la gloire. Rien ne l'a détourné du but
idéal : la création de l'œuvre de beauté.

Il l'a conçue, cette œuvre, sous la forme
du Roman. Cette préférence, donnée par
lui à ce genre à l'exclusion de tous les
autres, correspondait chez Flaubert à des
raisons, réfléchies et instinctives à la fois,
de l'ordre le plus personnel. Deux hommes
vivaient en lui, différents jusqu'à en être

contradictoires. Cette correspondance de jeunesse où il s'abandonne à l'élan spontané de sa nature, n'est qu'un jaillissement continu d'enthousiasmes qui annonce, semble-t-il, un poète. Il le sentait bien, et il disait : « Je suis un lyrique » et il ajoutait avec mélancolie : « Et je ne fais pas de vers ! » Il disait encore : « Que les poètes sont heureux ! On se soulage dans un sonnet. Les malheureux prosateurs, comme moi, sont obligés de tout rentrer. » Mais pourquoi restait-il un prosateur ? C'est que ce lyrique avait, d'autre part, hérité de son père, le célèbre chirurgien de Rouen, une intelligence du type scientifique. Combien il l'admirait, ce père, le magnifique portrait qu'il en a laissé, sous le nom du Docteur Larivière, nous en reste un témoignage. Vous vous le rappelez, descendant de berline devant la porte d'Emma Bovary agonisante, sa longue douillette de mérinos, son large habit noir, et « ses mains charnues, de fort belles mains, qui n'avaient jamais de gants,

comme pour être plus promptes à plon-
ger dans les misères », Sainte-Beuve
avait sagacement discerné cette prise du
docteur Flaubert sur Gustave : « Fils et
frère de médecins distingués », remarque-
t-il dans son article sur *Madame Bovary*,
« M. Gustave Flaubert manie la plume
comme d'autres le scapel. » Et il ajoute :
« Anatomistes et physiologistes, je vous
retrouve partout. » La formule doit être
traduite. Il n'y a pas de physiologie dans
Madame Bovary. Mais il y a, d'un bout à
l'autre, l'application de la méthode avec
laquelle on fait de la bonne physiologie,
l'observation attentive, le constat scrupu-
leux du phénomène, la minutie de la
notation précise, l'effort pour se mainte-
nir dans l'attitude du savant dont la per-
sonnalité s'efface, qui se soumet à l'objet,
humblement, absolument. « Absorbons
l'objectif », s'exclamait Flaubert, « qu'il
circule en nous, qu'il se reproduise en
nous, sans qu'on puisse rien comprendre
à cette chimie merveilleuse ! Notre cœur
ne doit être bon qu'à sentir celui des

autres. » A cette besogne de laboratoire qui transforme la sensibilité même en outil d'intelligence, quel genre littéraire se prêtera, sinon le Roman ? Tel que l'a conçu Balzac, il est en train de rentrer dans le grand courant de recherches positives qui est celui même du siècle. Par l'analyse, il rejoint la Psychologie. Par la peinture documentée des mœurs, il rejoint l'Histoire. Par la recherche des causes, il rejoint la Sociologie. Toutes ces possibilités, le fils du chirurgien les devina tout jeune par un de ces pressentiments de nos propres facultés que le langage habituel nomme si justement la vocation, — l'appel. Ecrire des romans, c'était concilier à la fois cet esprit scientifique, transmis par son père, et son aspiration passionnée vers la Littérature. Il n'hésita pas.

Cette conciliation n'alla point sans lutte. Voilà encore un des motifs qui nous rendent Flaubert si cher, à nous autres, romanciers. Chez aucun de nos maîtres nous ne rencontrons posés d'une façon

plus pathétique les problèmes qu'enve-
loppe ce genre si complexe du Roman
moderne. Le Roman ne relève pas unique-
ment de la Science. Il relève aussi de
l'Art, et il n'y a jamais eu d'Art sans
Beauté. Or la Beauté suppose le choix.
Le choix ? Que devient alors le total effa-
cement de l'observateur, la soumission
entière à l'objet ? Toute la correspondance de Flaubert nous le montre, pre-
nant et reprenant sans cesse ce problème-
là, s'imposant, par méthode, la copie de
modèles qu'il abomine, s'exaspérant contre
l'objet, lui qui n'admet que la peinture
objective. Ecoutez-le maudire cette *Madame Bovary* qu'il vient de finir : « Ce livre
n'est pas de mon sang. Je ne le porte pas
dans mes entrailles. Ces choses sont vou-
lues, factices. » Il reconnaît qu'il y a mis
de la vérité, de solides détails d'observation, et puis, tout d'un coup : « De l'air !
De l'air ! » gémit-il. C'est le lyrique qui se
révolte contre le savant. Tout d'un coup
encore, nouvelle volte-face. Il a relu son
roman, et nous le trouvons qui s'inter-

roge sur les proportions des parties qui le
composent. Le tourment de la composition
a remplacé l'autre. La voilà, l'échappatoire
qui lui permemetra de faire d'une œuvre
de Science une œuvre d'Art, c'est la *Technique*. Mot bien modeste. Idée bien grande,
et sur laquelle Flaubert est revenu sans
cesse : « Je veux », écrivait-il à un de ses
correspondants, « je veux te voir t'en-
thousiasmer d'une coupe, d'une période,
d'un rejet... » Et parlant du vieux Boileau : « Il vivra autant que qui que ce
soit, *parce qu'il a su faire ce qu'il a fait.* »
Et il insiste : « Rien ne se perd de ce
qu'il veut dire. Que d'art il a fallu pour
faire cela avec si peu. »

La Technique, dans l'art du roman,
c'est d'abord cette composition que Flaubert appelle proportion. Il la qualifierait
volontiers de divine, comme ce Frà Luca
Paccioli, le maître de Léonard qui avait
écrit un livre : « *De divinâ proportione* ».
Pour qu'un Roman soit composé, il faut
qu'il forme un tout dont les parties, enga-
gées dans le dessin général, soient liées.

de telle manière que l'on ne puisse enle-
ver une page du livre sans diminuer l'effet
d'ensemble. Il doit avoir, ce Roman, son
exposition, son grandissement, et comme
la mer qui monte, son étale, sa décrois-
sance et son repos. Pour un Flaubert,
cette composition est rendue plus difficile
précisément par sa méthode scientifique.
Voulant écrire un chapitre de l'histoire
des mœurs, il s'interdit par principe le
personnage exceptionnel et l'action vio-
lente, c'est-à-dire le drame. Comment
établir, — privé de cet élément : la crise, —
une histoire bien une, qui ait son com-
mencement, son milieu, sa fin, et dont les
épisodes tous d'ordre quotidien s'étagent
et se construisent ? Flaubert a lui-même
appelé ce travail, et toujours à propos
de *Madame Bovary*, « un tour de force ».
Il l'a réalisé, non par le dehors, mais par
le dedans et grâce à un autre tour de
force. Il était très pénétré de la doctrine
de Gœthe sur l'importance du sujet.
Autre problème : comment pratiquer
cette doctrine avec des sujets pris dans la

vulgarité de la vie courante, ainsi la banale aventure de la pauvre femme d'un pauvre médecin de village? Mais si médiocre que soit une destinée humaine, on lui découvre une importance en la creusant, parce qu'elle est humaine. A travers elle ce creusement nous fait saisir quelques-unes des grandes lois qui la dominent et qui nous dominent. Cette loi une fois dégagée, toute l'armature du Roman s'ordonne autour d'elle. Chaque épisode en devient un symbole nécessaire. Oui, Madame Bovary n'est qu'une bien pauvre femme, Frédéric Moreau, dans l'*Education sentimentale*, n'est lui aussi qu'un bien pauvre homme, de bien pauvres hommes Bouvard et Pécuchet, mais en les considérant de son profond regard, Flaubert distingue une grande et redoutable cause, à leur misère, et qui leur est commune avec tant d'autres : la disproportion de la pensée et de la vie. Il va plus loin, il reconnaît cette vérité trop méconnue par notre civilisation, à savoir que la pensée n'est pas nécessairement bienfaisante. Il se rencontre ici, avec Balzac qui écrivait dans la préface de la *Comédie humaine* : « Si la pensée est l'élément social, elle est aussi l'élément destructeur de la société. » Balzac concluait, en psychologue catholique : « Cette pensée, principe des maux et des biens, ne peut être préparée, domptée, dirigée que par la religion. » Flaubert, lui, ne conclut pas. Son diagnostic n'aboutit pas à une thérapeutique, mais dénoncer, avec cette netteté, le danger possible de la pensée, c'est affirmer, ne fût-ce qu'empiriquement, la nécessité d'une discipline. C'est nous inviter à la chercher et à la trouver. Flaubert ne nous en a-t-il pas donné lui-même l'exemple, lui qui fut, quarante ans durant, dans son ermitage de Croisset, l'esclave de la règle la plus ascétique, celle qu'il s'imposait pour mater les rebellions de son cœur, et tout sacrifier, lui-même d'abord, au but idéal ? Ce caractère moral de sa figure en achève l'énergie douloureuse en noblesse.

La technique dans l'art du roman, —

c'est aussi la présence. J'entends par là qu'il faut que les personnages mis en scène par le Romancier vivent de leur vie propre, qu'ils soient là, dans la chambre. Personne plus que Flaubert n'a poursuivi ce prestige d'un « rendu » qui donne au récit le relief d'une réalité concrète. C'est par tout petits détails qu'il procède, indiqués avec une merveilleuse entente de la signification. Ils s'additionnent, ces détails, qui ne font pas seulement tableaux descriptifs. Ils rentrent dans le mouvement de tout le livre. Ce discernement du geste essentiel, qui permet de restituer une physionomie tout entière, était aussi, nous raconte Mérimée, le souci constant de Stendhal. « Dans chaque anecdote pouvant servir à porter la lumière dans quelque coin du cœur humain, Beyle retenait toujours ce qu'il appelait le trait, c'est-à-dire le mot ou l'action qui révèle la passion. » Balzac tout à l'heure, Stendhal maintenant, voyez comme les maîtres s'apparentent les uns aux autres, attestant ainsi que la technique du roman n'est pas arbitraire, qu'elle obéit, comme toutes les techniques, à des principes auxquels se rangent, involontairement ou non, tous ceux qui excellent dans cet art.

Cette technique, c'est encore le style. On sait avec quel acharnement Flaubert peinait sur le sien : « Cent vingt pages ! l'œuvre de dix mois ! » Cette plainte en dit long sur ce dur labeur. Il fut de mode autrefois d'admirer aveuglément cette prose. Il est plutôt de mode aujourd'hui de la critiquer. Nul doute qu'il ne s'y rencontre des impropriétés et des incorrections, mais que ces romans d'une si solide construction soient écrits d'une langue saine et forte, comment le nier ? Comment ne pas reconnaître aussi que cette langue est d'une qualité pareille à celle de la meilleure époque, notre xviie siècle ? Flaubert est tout près de La Bruyère, comme Baudelaire est tout près de Boileau. N'est-il pas bien remarquable que les deux écrivains que l'épreuve du temps a fait passer au premier rang, dans

l'école de 1840 et du néo-romantisme,
soient ceux qui ont strictement obéi au
précepte de Chénier :

Sur des pensers nouveaux faisons des vers antiques?

Ce sens traditionnel et classique de la
langue, Flaubert l'avait renforcé en lui
par la culture latine qu'il s'était donnée
en compagnie avec Bouilhet. Notre prose
française dérive en effet de la prose Romaine. Le jour où les Lettrés de notre
pays ne sauront plus le Latin, cette prose
qui fait une de nos plus indiscutables
supériorités intellectuelles, aura vécu.
C'est un héritage séculaire à préserver.
Dans son discours sur l'*Universalité de la
Langue Française*, Rivarol qui la maniait
lui-même avec une telle maîtrise a élo-
quemment marqué ses vertus : la construction de la phrase toujours directe et
claire, la plénitude et la fermeté de la pro-
nonciation, l'ordre incorruptible de sa
syntaxe, « cette probité attachée à son
génie ». Admirable formule qu'il complète
par une saisissante évocation, empruntée

à l'antiquité non plus Romaine, mais Grecque. Ne nous rattachons-nous pas à l'u ne et à l'autre ? « Aristippe, ayant fait naufrage, aborda dans une île inconnue, et, voyant des figures de géométrie tracées sur le rivage, il s'écria que les Dieux ne l'avaient pas conduit chez des Barbares. Quand on arrive chez un peuple et qu'on y trouve la langue Française, on peut se croire chez un peuple poli. »

Messieurs,

Nous traversons une époque où la défense de notre génie national est le premier de tous nos devoirs. Saluons donc dans Gustave Flaubert, pour avoir eu un sentiment si juste de la valeur de notre prose et s'être dévoué à elle avec tant de ferveur, un bon Serviteur, non seulement de la Littérature, mais de la France.

ABBEVILLE. — IMPRIMERIE F. PAILLART

LIBRAIRIE ANCIENNE ÉDOUARD CHAMPION
5, Quai Malaquais — PARIS-VI⁰

Bédier (J.). **Discours de réception** à l'Académie française, prononcé le 3 novembre 1921, par Joseph Bédier. Sur l'œuvre d'Edmond Rostand. In-12. **3 fr.**

Bourget (Paul), de l'Académie française. **Stendhal.** Discours prononcé à l'inauguration du monument. Suivi du discours de M. Edouard Champion, et d'une **Bibliographie**, par le même. 1920, in-8. **5 fr.**

Champion (Édouard). A propos de la naissance du duc de Bordeaux. **Chateaubriand et les dames de la Halle,** correspondance inédite avec fac-similés. 1917, in-8 de 16 p. **3 fr.**

Chateaubriand. **Correspondance générale,** publ. par L. Thomas. In-8. Tome V (*sous presse*).
Déjà parus : Tomes I (avec un portrait inédit), II, III (avec un portrait inédit), IV (avec un portrait inédit). Chaque. **15 fr.**

Chénier (André). **Œuvres inédites** publiées d'après les manuscrits originaux par Abel Lefranc. 1914, in-8. **11 fr. 25**

Correspondance de Georges Sand et d'Alfred de Musset, publiée intégralement par F. Decori, dessins et fac-similés. 1904, in-8°, 187 p. **10 fr.**

Elliott Monographs, edited by Edward C. Arsmtrong. In-8°.
1. — Flaubert's Literary in the Light of his Mémoire d'un fou, Novembre, and Education sentimentale, by A. Coleman (version of 1845). **11 fr. 25**
2. — Sources and Structure of Flaubert's Salambo, by P. B. Fay and A. Coleman, 1914, 55 p. **5 fr. 25**
3. — La Composition de Salammbô, d'après la Correspondance de Flaubert, par F. A. Blossom, 1914, 104 p. **9 fr. 75**
4. — Sources of the Religious. Element in Flaubert's Salambo, by Arthur Hamilton. 1917, 123 p. **8 fr. 45**
8. — Honoré de Balzac and his figures of Speech, by J. M. Burton. 1921, 94 p. **8 fr.**

Girard (Henri). **Un bourgeois dilettante à l'Epoque romantique.** Emile Deschamps, 1791-1871. 1921, 2 vol. in-8, XLIV-578, et XII-128 p. **50 fr.**

Glachant (P. et V.). **Un laboratoire dramaturgique. Essai critique sur le théâtre de Victor Hugo.** 2 vol. in-16 à **5 fr. 25**

Maigron (L.). **Le romantisme et la mode,** d'après des documents inédits, avec une pl. en couleurs en 24 photogravures. 1911, in-8. **15 fr.**

— **Le roman historique à l'époque romantique. Essai sur l'influence de Walter Scott.** Nouvelle édition, revue, corrigée et augmentée. In-8, couverture illustrée. **7 fr. 50**

Maurras (Charles). **L'Etang de Berre.** 1920, nouvelle édition revue, in-8 écu. **10 fr.**

— **Anthinea;** d'Athènes à Florence. Edition revue, in-8 écu de XII-304 p. **10 fr.**

— **Trois idées politiques, Chateaubriand, Michelet, Sainte-Beuve,** in-12 carré. **3 fr.**

Nodier (Charles). **Moi-même.** Roman inédit précédé d'une introduction sur le roman personnel par Jean Larat, 1921, in-8°, 66 pages. Tiré à 250 ex. **3 fr. 50**

ABBEVILLE. — IMPRIMERIE F. PAILLART